Cheval de roi

MIXTE
Papier issu de
sources responsables
FSC® C022030

© 2008 Éditions Nathan (Paris-France), pour la première édition
© 2012 Éditions NATHAN, SEJER, 25 avenue Pierre de Coubertin, 75013 Paris
pour la présente édition
Loi n° 49-956 du 16 juillet 1949 sur les publications destinées à la jeunesse,
modifiée par la loi n° 2011-525 du 17 mai 2011.
ISBN : 978-2-09-253661-2
N° éditeur : 10227198 - Dépôt légal : février 2013
Imprimé en mai 2016 par Pollina, 85400 Luçon France - L77259

ANNE-SOPHIE SILVESTRE

Cheval de roi

Illustrations de Benoît Perroud

Nathan

un

Une belle journée

Il y avait autrefois, dans un pays proche de la mer Méditerranée, un roi qui aimait les chevaux avec passion. Son écurie en comptait plus de mille. Il s'appelait Philippe, roi de Macédoine.

Un jour, trois messagers se présentèrent presque en même temps à la porte de la salle où le roi Philippe tenait son conseil.

Le premier messager entra. C'était un soldat. Il était gris de la poussière des routes et il marchait avec peine tant il était fatigué. Il salua le roi jusqu'à terre.

– Ô roi Philippe, dit-il, j'ai galopé trois jours et deux nuits pour t'apporter au plus vite ce message. Ton armée a remporté une victoire sur les peuples du Nord, ces montagnards batailleurs qui descendent dans les plaines de Macédoine pour saccager les vignes et piller les blés. Nous les avons repoussés bien loin vers leurs cimes et ils ne reviendront pas de sitôt.

– Par Arès, dieu de la guerre, s'écria Philippe, que voilà une bonne nouvelle ! Merci à toi d'avoir parcouru une si longue route en si peu de temps.

Le deuxième messager s'avança. C'était le meilleur écuyer[1] de Philippe, celui à qui

---

1. L'écuyer est une personne qui sait monter à cheval.

le roi confiait ses chevaux favoris. L'écuyer, lui aussi, était couvert du sable des chemins.

– Ô roi Philippe, dit-il, j'arrive de la ville d'Olympie. Je suis revenu aussi vite que je le pouvais pour être le premier à t'annoncer cette grande nouvelle : tes chevaux ont remporté la course de char des Jeux olympiques !

– Par Apollon, dieu du soleil, s'exclama Philippe, que cette nouvelle me

cause de joie ! Lesquels de mes chevaux ont-ils été récompensés ?

– Ardent, Beau-Garçon, Vent-du-Sud et Ami-Doux ont mené la course de bout en bout et n'ont laissé aucune chance aux autres attelages.

Philippe soupira :

– Dire que je n'ai pas vu cela ! Il me tarde de voir mes chevaux bien-aimés de retour à la maison....

Il se tourna vers le troisième messager.

– Et toi, qu'as-tu à m'apprendre ?

Le troisième messager était une messagère. C'était une gracieuse jeune fille au sourire espiègle. Elle aussi avait couru. Et certainement aussi vite qu'elle le pouvait. Ses joues étaient toutes roses et sa respiration encore rapide. Mais elle n'était pas salie de poussière ni de sable car elle n'avait eu que le palais à traverser. Elle fit une souple révérence :

– Ô roi Philippe, la reine ton épouse vient de mettre au monde l'enfant qu'elle attendait. C'est un garçon. Il est aussi beau et en bonne santé qu'on peut l'être. La reine se porte bien et espère ta visite.

– Oh ! s'exclama Philippe.

Il bondit sur ses pieds et sauta d'une seule enjambée les quatre marches qui se trouvaient au bas de son trône. En temps ordinaire, il ne faisait jamais cela. Il prenait même toujours soin de descendre les marches avec majesté. Mais ce jour-là, sa joie était extrême.

Il saisit la jeune fille par la taille, la souleva et l'embrassa sur les deux joues. Puis il lui fit faire trois tours complets de danse avant de la reposer sur le sol. Encore une fois, tout cela n'était pas très royal mais la journée était si heureuse…

– Mon fils s'appellera Alexandre, annonça Philippe. Alexandre, prince de Macédoine ! Vous ne trouvez pas que cela sonne bien ? Un enfant né un jour où le sort nous est si favorable devrait avoir un destin étonnant. Et maintenant courons, belle enfant ! Allons embrasser ma chère épouse et faire la connaissance de mon fils Alexandre…

deux

L'enfant qui comprenait les chevaux

Alexandre grandit. C'était un beau petit garçon, calme et réfléchi. Bien vite, il partagea la passion de son père pour les chevaux. Dès que ses jambes furent assez grandes pour trottiner au côté du roi Philippe, il le suivit chaque jour aux écuries.

Alexandre se tenait à côté de son père, silencieux, attentif, sa petite main passée dans celle du roi. L'enfant comprit vite les règles du haras et jamais il ne se mit en danger de se faire renverser par un cheval ou de recevoir un coup de sabot.

Les années passèrent, Alexandre avait maintenant huit ans. Il montait chaque jour à cheval. Son père choisissait avec soin pour lui des chevaux adultes, raisonnables, peu émotifs, et connaissant bien leur métier. Alexandre progressait vite. Il fut bientôt aussi à son aise sur le dos d'un cheval que sur ses deux pieds. Il exprimait parfois le désir de monter des chevaux plus jeunes et plus impétueux.

– Patience, mon fils, patience, répondait

alors le roi. Grandis d'abord. Chaque
chose viendra en son temps…

Un jour, le roi et son fils assistaient
à l'entraînement d'un jeune cheval.
On apprenait à ce poulain à sauter les
obstacles. Le maître des écuries avait fait
installer pour cela une barre de bois posée
sur deux tréteaux. Le poulain s'élançait
au galop mais, chaque fois qu'il se trou-

vait au pied de cette barrière, il s'arrêtait
net. Son cavalier, avec patience, lui faisait
faire demi-tour et recommençait l'exer-
cice. Tout cela n'avait rien d'étonnant ni
d'inhabituel, les jeunes chevaux sont
souvent intimidés par les obstacles.

Mais une voix s'éleva soudain :
– Arrête !

Chacun se retourna avec surprise.
Le roi Philippe fut aussi étonné que les

autres. C'était Alexandre qui avait parlé. Le jeune prince tendait le doigt vers le cheval. Il répéta à l'intention du cavalier :

– Arrête donc ! Le poulain n'a pas peur. Il a mal à un pied.

Le maître des écuries haussa les épaules. Allons donc ! Quand un cheval boitait, personne ne le savait mieux que lui. Surtout pas un gamin, même fils de roi.

– Il a mal, insista le garçon. Mais regarde donc ! Il ne veut pas s'appuyer sur son pied de devant, celui de droite.

– Examine quand même ce pied, demanda Philippe.

Lui non plus n'avait rien remarqué d'anormal, mais il voulait faire plaisir à son fils.

Le maître des écuries, maussade, s'approcha du poulain et lui fit lever le pied. Soudain, il s'exclama, stupéfait :

– Par tous les dieux ! Il a un caillou coincé sous le sabot…

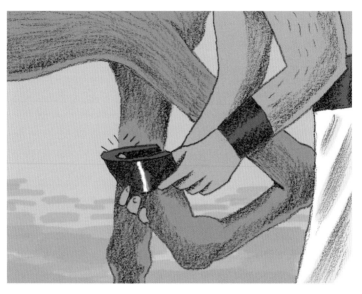

Avec la pointe de son couteau, il délogea une petite pierre. Le poulain, soulagé, partit dans un galop léger et franchit plusieurs fois la barrière sans difficulté.

– Ah, tu vois bien ! dit Alexandre, un sourire heureux sur le visage.

Le roi Philippe songea alors qu'Alexandre était le seul, parmi tous les gens de chevaux expérimentés qui se trouvaient là, à avoir compris ce qui gênait le poulain. Même lui, qui se flattait pourtant de posséder un assez bon coup d'œil, n'avait rien remarqué du tout... Il se sentit immensément fier de son fils. Il s'apprêtait à le complimenter, mais il se retint : il ne fallait pas, par trop de louanges en public, rendre l'enfant orgueilleux. L'orgueil excessif, songea-t-il, était pour un futur roi un dangereux défaut.

Et Philippe se contenta de poser affectueusement sa main sur l'épaule de son fils.

Un cheval indomptable

LE MARCHAND DE CHEVAUX Cocalos vendait les plus beaux chevaux de Macédoine. Un matin, très excité, il vint trouver le roi Philippe, son meilleur client.

– Ô roi Philippe, dit-il, j'ai fait venir plusieurs chevaux d'Arabie. Ils sont arrivés hier soir. L'un d'eux est véritablement magnifique. C'est une monture qui n'est digne que d'un roi. Je ne veux le montrer à personne avant toi.

– Tu piques mon imagination, Cocalos, dit Philippe. Comment s'appelle cette merveille ?

– Son nom est Bucéphale, ô roi.

– Eh bien, amène Bucéphale demain matin à mes écuries. Nous verrons cela.

Le lendemain, Philippe se rendit au haras. Alexandre, dont on allait bientôt fêter les douze ans, l'accompagnait. Bucéphale était un cheval d'une extraordinaire beauté. Sa robe était noir de jais. Sa tête petite et fière. Ses jambes fines. Et sa longue crinière volait au vent.

– Par tout l'or de l'Arabie, s'écria Philippe, ami Cocalos, tu disais vrai ! Ce cheval est le plus beau que j'aie jamais vu. Que mes meilleurs cavaliers essaient de le monter !

La première écuyère du roi s'avança. C'était une cavalière adroite et patiente.

Elle savait calmer et mettre en confiance les chevaux les plus inquiets. Elle s'approcha de Bucéphale, le caressa et lui parla avec douceur. Le cheval semblait tranquille. D'un mouvement souple, elle saisit sa crinière et se hissa sur son dos. Bucéphale fit quelques pas mais, soudain, il s'emporta. Il partit dans un galop désordonné et se mit à ruer avec tant de violence que la cavalière fut jetée à terre.

Alors, le maître des écuries s'approcha
et empoigna la bride de Bucéphale. Le
maître des écuries avait de larges épaules
et des muscles puissants. Les chevaux
les plus indociles obéissaient à sa main.
Il avait dressé pour le roi un nombre
incalculable de chevaux. Avec autorité,

il monta sur le dos de Bucéphale. Mais, immédiatement, le cheval noir sembla pris de fureur. Il se démena avec une telle force que le maître des écuries roula à quinze pas dans la poussière.

Le roi Philippe, alors, appela l'entraîneur de ses chevaux de course.

C'était un homme qui avait le don de discipliner les poulains les plus fous. L'entraîneur saisit la bride de Bucéphale et, afin de le calmer, le fit marcher en main durant plusieurs minutes. Puis il monta sur son dos sans brutalité et le mit au galop. Pendant quelques instants, chacun put croire que tout allait bien. Bucéphale galopait calmement en cercle. Mais soudain, il baissa la tête et partit dans un galop déchaîné. À pleine vitesse, il trébucha. L'entraîneur des chevaux de course bascula vers l'avant, fut désarçonné et roula sur le sol.

Les trois cavaliers, poussiéreux, écorchés, un peu éclopés, vinrent trouver Philippe et lui dirent :

– Ô roi, jamais ce cheval n'acceptera un cavalier sur son dos.

– En êtes-vous sûrs ? demanda Philippe.

– Nous en sommes certains, ô roi. Ce cheval est indomptable. C'est le plus sauvage que nous ayons jamais monté.

Philippe se tourna vers le marchand Cocalos.

– Cocalos, dit le roi, remporte Bucéphale. Il est fort beau, mais je n'achèterai pas un cheval que personne ne peut monter.

Cocalos, navré, désolé, fit signe à ses garçons d'écurie d'emmener le beau cheval noir.

C'est alors qu'Alexandre, qui avait observé toute la scène en silence, dit soudain à haute voix :

– C'est vraiment dommage de renoncer
à un cheval aussi magnifique !

quatre

Alexandre et Bucéphale

Tous ceux qui étaient là furent saisis de stupeur.

Le jeune prince était-il devenu fou ?

Ou atrocement mal élevé ?

Comment se permettait-il de blâmer en public une décision de son père ?

Les cavaliers, Cocalos, les garçons d'écurie, tous firent semblant de n'avoir rien entendu de la remarque du jeune prince. Chacun parut trouver soudain urgent de contempler le ciel ou un point lointain de l'horizon.

Mais Alexandre insista :

– Oui, vraiment, il est dommage que personne ne parvienne à monter Bucéphale. Père, permets-moi d'essayer.

Philippe laissa éclater son irritation :

– Mon fils, ne dis pas de sottises ! Tu me fais honte devant tout le monde.

– Père, insista Alexandre, je t'en prie, permets-moi.

– Tu te crois plus habile que mes meilleurs cavaliers ? Eh bien, essaie donc ! Monte ce cheval ! Ta vanité est sans limites et mérite une leçon. Et quand tu seras tombé, ne viens pas te plaindre !

Alexandre ne se le fit pas dire deux fois. Il s'approcha des garçons d'écurie et prit la bride de Bucéphale. Le grand cheval noir, les oreilles dressées et les naseaux frémissants, inquiet, s'agitait. Alexandre lui caressa l'encolure en

lui murmurant près de l'oreille des paroles amicales. Bucéphale sembla entendre ce langage et, petit à petit, s'apaisa. Alors, Alexandre, très lentement, fit tourner le cheval sur lui-même et le plaça face au soleil. Puis il saisit d'une main sa crinière et, d'un élan léger, s'élança sur son dos. Bucéphale ne broncha pas. Alexandre serra doucement les jambes. Le cheval partit au pas. Le roi et tous ceux qui l'entouraient retenaient leur souffle. Alexandre et Bucéphale prirent le trot, puis le galop. Le cheval et le garçon s'éloignèrent dans la plaine en direction du soleil… Maintenant, Bucéphale galopait calmement comme un cheval que rien n'effraie et qui a confiance dans la main de son cavalier.

– C'est incroyable… dit le roi.

Bucéphale et Alexandre décrivaient

des cercles et des boucles. Bucéphale, calme et bien d'aplomb, galopait comme un cheval fougueux que rien ne trouble et qui est joyeux de courir.

– C'est extraordinaire… dit l'écuyère.

– Il a réussi… murmura le maître des écuries.

– Je crois rêver… dit l'entraîneur des chevaux de course.

Alexandre et Bucéphale revinrent au pas. Le cheval était humide de sueur.

Philippe courut au-devant d'eux.

– Alexandre, comment as-tu fait ? demanda-t-il.

Alexandre répondit :

– J'ai observé que Bucéphale ne ruait pas par méchanceté, mais par peur. Il avait peur de son ombre. Il voyait cette étrange chose noire, tapie sur le sol. Et il croyait qu'elle le poursuivait et lui voulait du mal. Plus Bucéphale courait, plus le monstre noir courait. Plus Bucéphale s'agitait, plus le monstre s'agitait. En le plaçant face au soleil, je l'ai débarrassé de cette ombre. Puis, quand il a été plus tranquille, plus rassuré, je lui ai fait comprendre qu'elle n'était pas méchante…

Alexandre se pencha en avant pour caresser l'encolure du beau cheval.

– Maintenant, c'est fini, il n'a plus peur.

– Cocalos, s'écria le roi, j'achète Bucéphale ! Et toi, mon fils, je te le donne. Personne ne mérite plus que toi ce cheval.

Le soir, alors qu'on servait le souper, le roi Philippe semblait plongé dans ses pensées. Il sortit soudain de sa rêverie et dit à tous ceux qui se trouvaient autour de lui :

– Je crois que le royaume de Macédoine sera trop petit pour mon fils Alexandre.

TABLE DES MATIÈRES

Alexandre le Grand

Fils du roi Philippe II et de la princesse
Olympias, Alexandre naît en 356 avant
Jésus-Christ à Pella, capitale du royaume
de Macédoine, en Grèce. Son éducation est
confiée à Aristote, un illustre philosophe
grec. À la mort de son père, Alexandre
devient roi de Macédoine. Il a 20 ans. Après
s'être rendu maître de la Grèce, il part
à la conquête d'autres royaumes. Il va ainsi
vaincre les Perses (l'actuel Iran) et étendre
son empire depuis l'Égypte (où il crée la
célèbre ville d'Alexandrie) jusqu'à l'Inde !
C'est l'un des plus grands conquérants
de l'Histoire. À 33 ans, après un banquet,
à Babylone, Alexandre est pris d'une terrible
fièvre et meurt peu de temps après.

Bucéphale

Bucéphale était le cheval préféré
d'Alexandre. Il l'accompagna dans
toutes les batailles, mais il mourut lors
d'une campagne en Inde. À l'endroit
où il fut enterré, Alexandre fonda la ville
de Bucéphalie.

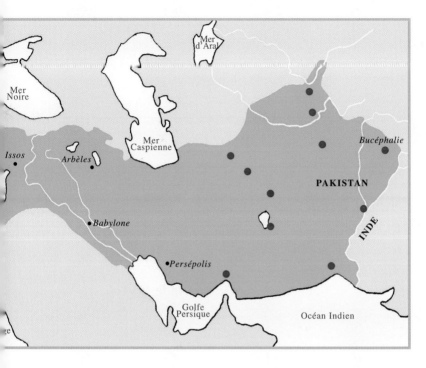

EMPIRE D'ALEXANDRE LE GRAND

Royaume de Philippe
de Macédoine

Empire d'Alexandre
en 323 av. J. C.

● Villes fondées par Alexandre

Anne-Sophie Silvestre

Anne Sophie Silvestre aime écrire des histoires, aller à la plage et s'occuper de chevaux. Elle aimerait bien avoir une écurie comme celle du roi Philippe, ou même beaucoup plus petite. Ses chevaux préférés s'appellent : Ancelot, Cendra, Boléro et Galien.

Benoît Perroud

Ah ! Si je pouvais posséder un chat aussi grand et majestueux que le cheval d'Alexandre. Ensemble, nous partirions à la chasse aux ragondins. Tel Alexandre le Grand, je revêtirai mon armure de conquérant et je mènerai mon armée de félins géants aux grandes victoires… Hélas, mon chat lézarde toute la journée à l'ombre d'un chêne et peine à attraper la moindre petite souris. Quant à mon armure, je l'ai troquée depuis longtemps contre une belle panoplie de dessinateur.

premières romans

Le buveur de fautes d'orthographe

Une série écrite par Éric Sanvoisin
Illustrée par Olivier Latyk

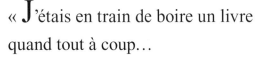

« J'étais en train de boire un livre quand tout à coup…

– Oh la belle grosse faute ! me suis-je exclamé avec un claquement de langue gourmand.

Elle était vraiment magnifique. « Des lutins coquin gambadaient dans la prairie ». Il manquait le s du pluriel à « coquin ».

Je dois vous faire une confidence. Je suis un buveur d'encre depuis ce fameux jour où Draculivre, un ancien vampire devenu allergique au sang, m'a mordu. J'aspire le texte des livres à l'aide d'une paille. Un vrai délice ! »

Un peu de fautes d'orthographe et beaucoup de mystère : la recette du livre idéal d'Odilon, le petit vampire !